» Wie fühlt es sich an, eine Frau zu sein? «

Alice Quadflieg lebt mit ihrer Familie in Berlin und schreibt in erster Linie dramatische Texte. Ihre Theaterstücke erscheinen im Verlag für Kindertheater der Verlagsgruppe Oetinger und werden an verschiedenen deutschsprachigen Bühnen gespielt.

Weitere Veröffentlichung bei BoD
die düstern tannen säumen meinen weg
Gedichte der Jahrtausendwende

Alice Quadflieg

Deus ex Vagina
Eine genitale Messe

Alice Quadflieg: Deus ex Vagina. Eine genitale Messe
2. Auflage 2022
ISBN: 9783755713821

© Alice Quadflieg, Berlin 2021

Herstellung und Verlag: BoD – Books on Demand,
Norderstedt
Umschlag gestaltet nach einem Konzept von
Alice Quadflieg: Andrej von Sallwitz

Bibliografische Information der Deutschen
Nationalbibliothek: Die Deutsche Nationalbibliothek
verzeichnet diese Publikation in der Deutschen
Nationalbibliografie; detaillierte bibliografische Daten
sind im Internet über dnb.dnb.de abrufbar.

Deus ex Vagina

Eine genitale Messe

I ERÖFFNUNG

Einzug

Sonne der Gerechtigkeit,
gehe auf zu unserer Zeit;
brich in unserer Mitte an,
dass die Welt es sehen kann.
Erleuchte uns.

Weck die tote Menschenheit
aus dem Schlaf der Sicherheit,
dass sie unsere Stimme hört,
sich zu unserem Wort bekehrt.
Erleuchte uns.

Gib uns Frauen Kraft und Mut,
Glauben, Hoffnung, Liebesglut,
und lass reiche Frucht aufgehn,
wo sie unter Tränen sä'n .
Erleuchte uns.

Begrüßung

Priesterin	Im Namen der alten Frau und der jungen Frau und der hohen Priesterin.
Gemeinde	Einverstanden.
Priesterin	Der Friede sei mit euch.
Gemeinde	Und mit deiner Vulva.

Mann	Lassen Sie mich bitte rein!
Priesterin	Sie können hier nicht rein.
Mann	Machen Sie bitte auf.
Priesterin	Nein.
Mann	Sie müssen mich hereinlassen.
Priesterin	Warum?
Mann	Ich werde hier gebraucht.
Priesterin	Nein. Werden Sie nicht.
Mann	Aber doch. Das können Sie mir glauben!
Priesterin	Das wüsste ich.
Mann	Dann sind Sie falsch informiert.
Priesterin	Das glaub ich kaum.

Mann	Fragen Sie bitte noch mal nach.
Priesterin	Nein. Ich bleibe hier. Und Sie bleiben draußen.

Das allgemeine Schuldbekenntnis

Die alte Frau erinnert sich.

Früher habe ich alles Mögliche ausprobiert. Als ich noch keine Ahnung hatte. Erstmal waschen. Immer waschen, wenn es gejuckt hat. Verschiedene Intimwaschlotionen. Pflegecremes mit Kamille, mit Zink, mit Honig. Öle. Entzündungshemmende Tücher. Vaginalgel. Vitamin C Zäpfchen, Vaginalkapseln mit Milchsäurebakterien. Verschiedene Damenhygiene-artikel. Sämtliche Klopapiere durchprobiert. Eine Zeit lang dachte ich, es müsse ein ganz spezielles, weiches Klopapier sein. Sitzbäder. Reibungsfreie Kleidung, welches Material ist am besten? Wolle, Seide, oder doch Polyamid? Zuckerfreie Ernährung, basische Ernährung, vegane Ernährung. Ingwer. Fermentiertes Gemüse, Brottrunk, Kombucha. Mikronährstoffe, Algen, Baobab. Tulsi-Tee, Cistus-Tee. Hat alles nichts geholfen. Hat nur viel gekostet.

Als meine Mutter schon sehr alt war, ist ihr die Gebärmutter heraus geplumpst. Man hat sie wieder reingestopft, aber sie ist wieder heraus geplumpst. Da hat man sie dann entfernt.

Daher weiß ich, dass meine Mutter diese Krankheit nicht gehabt haben kann. Ich werde langsam enger. Und meine kleinen Schamlippen sind mittlerweile fast verschwunden. Ich habe den Barbie-Look, ganz ohne OP! Eine Frauenärztin hat mal zu mir gesagt, man sehe mir meine drei Geburten nicht an. Kann man ja auch mal positiv betrachten, so eine Scheißkrankheit.

Die junge Frau	Ich will auch so eine Krankheit! Ich hasse meine kleinen Schamlippen. Sie hängen unten raus, nicht mal mein Freund darf meine Mumu sehen. Ich wünsche mir eine Schamlippenkorrektur.
Mann	Ich find eure Schamlippen total süß! Ich liebe eure Schamlippen!

Ich weiß meine Schamlippen erst zu schätzen, seitdem sie verschwunden sind. Jetzt hätte ich nichts gegen zwei vorwitzige Flügelchen einzuwenden, die unten rausschauen. Die Krankheit verstümmelt mich. Mein eigenes Immunsystem zerstört das äußere Geschlechtsorgan. Ich beschneide mich selbst, in Zeitlupe.

Priesterin	In Wahrheit sind wir würdig und recht Frauen, immer und überall, mit allem, was wir haben und was uns genommen wurde.

Ich habe Angst, dass meine Vulva irgendwann verschwunden ist.

Priesterin	Sie verschwindet erst, wenn wir aufhören, über sie zu reden.

Es gibt Künstler, die Gipsabdrücke von Vulven ausstellen. Alle stehen dann da und staunen, wie divers unsere Vulven in Wirklichkeit sind. In der Pornoindustrie sind ja alle Vulven normiert.

Mann	Du sollst dir kein Abbild von deiner Vagina machen. Sie ist schmutzig. Sie ist eklig. Sie ist blutig.
Die junge Frau	Manchmal schon, da hat er recht.

Meint er die Vagina oder die Vulva?

Mann	Sie ist verboten, denn sie ist unrein. Und sie ist hässlich. Wer sie berührt, wird ebenso unrein sein.

Dann lass uns in Frieden.

Mann	Bekenne deine Schuld! Du musst ein Opfer bringen, um dich von eurer Sünde rein zu waschen. Der Sünde der Frauen, aus deren Körper Blut fließt.

Hier gibt es keine Sünde, eine angeborene schon gar nicht.

Priesterin	Wir preisen die Vulva, denn sie ist unschuldig, zart und verletzlich. Sie ist gütig und warm und beschützend.

Große Vulva, wir loben dich;

Frau, wir preisen deine Stärke.

Vor dir neigt die Erde sich

und bewundert deine Werke.

Wie du warst vor aller Zeit,

so bleibst du in Ewigkeit.

Mann	Sisal, öffne dich. Nee. Wie war das noch? Samson, öffne dich. Schale, geh auf! Scheide, empfange mein Schwert! Schloss, hier ist der passende Schlüssel! Nein.
	Ah, jetzt hab ich's: Sesam, öffne dich.
Priesterin	Nachlass, Vergebung und Verzeihung deiner Sünden gewähre dir die allmächtige und barmherzige Mutter.
Gemeinde	Einverstanden.

Kyrie

Die junge Frau überlegt.

Ich möchte so sehr ein Kind haben! Dann wär ich endlich eine richtige Frau.

Ich fand es eigentlich immer doof, ein Mädchen zu sein. Meine Brüste sind zu klein, die Vulva ist hässlich. Ich wäre viel lieber ein Junge gewesen. Warum ist es so schwer, eine Frau zu sein?

Mann   Wenn ich eine Frau wäre, würde ich den ganzen Tag mit meinen Brüsten spielen.

Ich habe einen Haltungsschaden bekommen, weil ich meine kleinen Brüste immer verstecken wollte. Rosa fand ich fürchterlich. Röcke und Kleider habe ich nie getragen. Und als ich angefangen habe, mich zu schminken, war ich eine Tussi in den Augen meiner Familie. Alles, was weiblich war, war tussihaft. Weiblich sein war irgendwie lächerlich. Was ist das überhaupt für ein doofes Wort: Weib.

Priesterin Herrliches Weib, einst warst du Frau.

Gemeinde Herrliches Weib, eleison!

Priesterin Holdes Fräulein, einst warst du Fürstentochter.

Gemeinde	Holdes Fräulein, eleison!
Priesterin	Liebliche Dirne, einst warst du Mädchen.
Gemeinde	Liebliche Dirne, eleison.

Ich beneide junge Mädchen, die ganz selbstverständlich ihre ... Feminität genießen. Glitzer, bauchfrei, bunter Nagellack, nicht mehr aufhören zu kichern. Das find ich toll!

Ich spüre mein Frausein nicht. Das ist doch komisch, oder? Wie fühlt es sich an, eine Frau zu sein?

Die alte Frau	Vielleicht erleben wir unser Frausein erst durch die anderen?

Wenn ich ein Baby bekomme, dann hab ich den Beweis, dass ich wirklich eine Frau bin. Und wenn ich überall rund bin, werde ich mich endlich auch wie eine richtige Frau fühlen.

Priesterin	Wir haben uns im Namen aller Frauen hier versammelt, um bedingungslos Frau sein zu dürfen, ohne unsere Weiblichkeit legitimieren zu müssen, zum Beispiel durch das Gebären von Kindern, in alle Ewigkeit.
Gemeinde	Einverstanden.

Vermutlich bin ich total normgesteuert.

Gloria

Die junge Frau stellt die verbotene Frage.

Habt ihr Kinder? Oder wollt ihr mal Kinder haben?

Ich mag keine Kinder.

Ich hatte drei Fehlgeburten. Ich weiß nicht, ob ich mich noch einmal traue.

Wir haben schon ein Kind. Ein Zweites können wir uns nicht leisten.

Ich habe keine Gebärmutter.

Wir haben es in vitro probiert, das hat nicht geklappt. Jetzt haben wir einen Adoptionsantrag gestellt.

Ich hab solche Angst davor.

Nein.

Meine Freundin und ich hätten gerne Kinder. Aber wir wissen noch nicht genau, wie.

Ich wurde vergewaltigt und habe einen schwerbehinderten Sohn.

Ja, wenn es denn klappt.

Ich habe noch nicht den Richtigen gefunden.

Auf keinen Fall! Wir sind sowieso schon zu viele!

Ich weiß nicht, ob ich eine gute Mutter wäre.

Tut mir leid. Ich hätte das nicht fragen sollen.

Die alte Frau	Frag ruhig. Du darfst nur keine Angst vor den Antworten haben.
Priesterin	Wir preisen die Vagina, denn durch sie geht alles Leben. Sie empfängt und gebärt. Sie verbindet das Kosmische mit dem Irdischen.

Erfreue dich, Himmel, erfreue dich, Erde;

erfreue sich alles, was fröhlich kann werden.

Auf Erden hier unten, im Himmel dort oben:

Die große Vagina, sie wollen wir loben.

II WORTGOTTESDIENST

Erste Lesung

Mann	Lesung aus dem Buch Jesaja. Wie Regen und Schnee vom Himmel fallen und dorthin nicht zurückkehren, sondern die Erde tränken, dass sie keimt und sprosst, dass sie Samen bringt dem Sämann und Brot als Speise, so ist es auch mit meinem Wort, das von meinem Munde ausgeht: Es kehrt nicht erfolglos zu mir zurück, sondern bewirkt, was ich will, und führt aus, wozu ich es sende.
	Wort des lebendigen Mannes.
Gemeinde	Dank sei dir? Mann?

Die alte Frau will keine vaginale Physiotherapie.

Die anderen Frauen in der Selbsthilfegruppe dehnen. Jeden Morgen, wie das morgendliche Zähneputzen, wird erstmal eine Runde gedehnt. Auf jede Reise muss der Dilator mit. Sonst rächt sich das danach, sagen sie.

Ich will nicht dehnen.

Die junge Frau	Zur Stimulation der Klitoris braucht es keinen Koitus! Ich bin schon spitz, wenn ich Pipi machen muss. Leicht das Becken kippen, an etwas Geiles denken und ich kann, ohne mich anzufassen, zum Orgasmus kommen. Sehr praktisch. Vor allem, wenn ich mit dem Zug unterwegs bin.

Zweite Lesung

Lesung aus dem Spiegel-Bestseller *Unverschämt*. Der Klitoriskopf schaut unten aus der Vorhaut raus, steigt nach oben und wird zum Klitoriskörper. Dieser thront auf der Spitze einer Pyramide, bestehend aus zwei Schenkeln, die acht bis neun Zentimeter lang sind, und zwei Schwellkörpern. Diese wiederum umklammern links und rechts fest die Harnröhre und die Vagina. Die komplette Pyramide, inklusive Schenkel, Körper und Schwellkörper, nennt man das klitorale Organ. Es besteht aus gefäßreichen, schwammähnlichen Strukturen, die sich mit Blut bei Erregung tuffig aufplustern, zum Beispiel wenn man zu oft Magic Mike geschaut hat.

Wort der lebendigen Gynäkologin.

Gemeinde	Dank sei dir. Gynäkologin.

Priesterin	Wir preisen die Klitoris, denn sie entfacht die Leidenschaft, die Lust und das Begehren.

Nun dankt der Klitoris

mit Herzen, Mund und Händen,

die große Dinge tut

an uns und allen Enden,

die uns von Mutterleib und Kindesbeinen an

unzählig viel zu gut bis hieher hat getan.

Mann	Ich dank der Klitoris mit Herzen, Mund und Händen, die große Dinge tut an mir und allen Enden.
	Große Vulva, ich lobe dich. Frau, ich preise deine Stärke! Vor dir neigt die Erde sich und bewundert deine Werke!
	Auf Erden hier unten, im Himmel dort oben, die große Vagina, die will ich loben!
Priesterin	Dann komm herein. Du sollst nicht länger ausgeschlossen sein.

Oh vulva, hallelujah, vulva!
Oh clitoris, hallelujah, clitoris!
For the Lady Goddes omnipotent reigneth.
Hallelujah, vulva!
For the Lady Goddes omnipotent reigneth.
Hallelujah, clitoris!

The queendom of her world is become
the queendom of our Lady
and of her child,
and she shall reign for ever and ever.

Queen of queens, forever and ever,
hallelujah, vulva!
Lady of ladies, forever and ever,
hallelujah, clitoris!

Queen of queens, lady of ladies.
And she shall reign forever and ever.
Forever and ever and ever and ever.
Oh vulva, hallelujah, oh clitoris, hallelujah.
Vagina!

Evangelium

Die junge Frau träumt.

Er ist perfekt. Hoch gewachsen, helle Haut, ein paar Sommersprossen, blaue, strahlende Augen und dunkle, weiche Locken. Wenn er vorbei geht, drehen sich die Leute nach ihm um. Er kriegt Angebote, als Model zu arbeiten. Aber das interessiert ihn nicht.

Ihn interessieren die Menschen. Die Menschen und ihre Geschichten.

Er hat eine Begabung. Er hat ein Leuchten in den Augen, dass jeder spürt: Er ist etwas Besonderes. Alle wollen ihn ansehen, alle wollen hören, was er zu sagen hat. Sie pilgern zu ihm, und er empfängt die Suchenden, die Trauernden, die Kranken, die Verzweifelten. Einen nach dem anderen. Er hört sie an. Und manchmal sagt er etwas. Und danach fühlen sich die Menschen besser. Als hätte er ihnen etwas von seinem Licht abgegeben.

Ich halte mich im Hintergrund. Ich organisiere die Visiten, die Pressetermine. Wenn man ihn sprechen will, muss man sich zuerst an mich wenden. Er vertraut mir blind. Denn ich bin der wichtigste Mensch für ihn. Ich bin seine Mutter.

Die alte Frau denkt positiv.

Keine enge Kleidung mehr. Keine engen Hosen, keine

schicken Schlüpfer. Nur noch hundert Prozent Baumwollunterhosen.

Aber immerhin: Weiße Hosen kann ich jetzt tragen. Früher war ja das Peinlichste, das aller, aller Peinlichste: ein roter Blutfleck auf der Hose.

Die junge Frau	Mein Alptraum! Bevor ich schwanger war…
Priesterin	Wir verkünden die frohe Botschaft unseres Körpers!
Gemeinde	Seht her, wir sind fruchtbare Frauen!

Was dieses Bändchen ist, das da aus mir heraus hängt? Hast du noch nie einen Tampon gesehen?

Hurra, die Blutung ist wieder da!

Du trägst eine Windel, und ich trage eine Einlage!

Hurra, ich bin eine Frau!

Das ist nicht ih! Das ist schönes, frisches Blut.

Hat jemand einen Tampon dabei? Am besten super plus. Wär super!

Hurra, ich kann Kinder kriegen!

Das ist das Normalste der Welt.

Das ist das größte Wunder der Welt!

Die junge Frau	Naja, aber so angenehm ist das Ganze nun auch nicht. Vor allem nicht die Phase vor der Blutung, mit Kopfschmerzen, Bauchkrämpfen und Gefühlschaos. Allerdings ist es beinahe befreiend, wenn dann endlich die Regel losgeht.

Und noch befreiender ist es, wenn du gar keinen Zyklus mehr hast!

Die junge Frau	Aber erstmal müssen wir durch die Wechseljahre. Da habe ich jetzt schon Schiss vor!
Mann	Benutzen Frauen da nicht immer einen Fächer?

Männer haben keine Ahnung, was mit uns Frauen los ist! Wir Frauen verlieren innerhalb weniger Jahre neunzig Prozent unserer hormonellen Versorgung.

Die junge Frau	Was?

Da müssen wir durch, Zähne zusammen beißen. Nicht weinen in der Öffentlichkeit.

Die junge Frau	Ist es so schlimm?

Bei jeder ist es anders. Ich bin auf jeden Fall sehr froh, dass meine Ehe die Wechseljahre überstanden hat. Sogar ohne Hormonpräparate. Es war eine verdammt schwere Zeit für uns.

Die junge Frau	Aber mittlerweile gibt es doch bestimmt gut verträgliche Hormonpräparate?

Vermutlich ja. Aber ich habe mir gedacht, es ist der Lauf der Natur, jede Frau durchlebt das. Da kann es doch so schlimm nicht sein. Aber spätestens seit den Entbindungen hätte ich es eigentlich besser wissen müssen! Gewaltige Veränderungen erfährt der Frauenkörper im Laufe seines Lebens, von Natur aus!

Im Gegensatz zum männlichen Organismus. Deswegen werden auch alle Medikamente für Männer gemacht, weil wir Frauen so unberechenbar sind.

Die junge Frau	Sind wir eigentlich für die Männer noch sexuell attraktiv, wenn wir keine Kinder mehr gebären können?
Mann	Wir stehen nicht nur auf Sex, um Kinder zu zeugen.

Post-Meno ist leider kein Kompliment.

Die junge Frau	Bei Post-Meno denke ich an Frauen in weiten Gewändern mit viel zu kleinen Rucksäcken auf dem Rücken.

Ich möchte immer noch sexy sein. Ich trage gerne etwas mit Leopardenmuster. Damit fühle ich mich wild, stark und ein bisschen verrucht.

Gemeinde	Auch die ü60 Frauen sind sexuell aktiv, und attraktiv!
Priesterin	Botschaft unseres weiblichen Körpers.
Gemeinde	Lob sei dir, Körper.

Die junge Frau ist zu zweit.

Ich spüre ihn schon eine ganze Weile. Zuerst war es
ein leichtes Tippen. Ich war mir nicht sicher, ob es
eine Blähung war oder das Baby. Aber es fühlte sich
doch ein bisschen anders an. Mittlerweile weiß ich
sogar, wo sein Kopf liegt. Es könnte aber auch der Po
sein. Der lange Rücken macht den Bauch hart, auf der
anderen Seite ist er weicher. Da spüre ich dann die
Tritte. Wenn er sich umdreht, wackelt der ganze
Bauch. Nach dem Abendbrot, wenn ich auf dem Sofa
sitze, legt er richtig los. Ich komme zur Ruhe, und
dann ist er dran. Er muss sehr stark sein. Ein kräftiges
Baby. Wenn ich ins Bett gehe, wird er auch ruhig. Wir
schlafen zusammen ein. Muss ich nachts mal auf die
Toilette, bewege ich mich ganz vorsichtig, um ihn
nicht zu wecken. Wir sind ein gutes Team, wir beide.

Predigt

Die junge Frau wird eine andere.

Alles ist rund und groß. Ich bin eine wandelnde Nana.
Ich habe mich noch nie so gut in meinem Körper
gefühlt.

Mann   Warum sind Sie nicht schon viel
                  früher gekommen?

Weil ich das Kind auf jeden Fall bekommen möchte. Außerdem habe ich das Gefühl, dass alles in Ordnung ist.

| Mann | Sie haben gedacht, mit Ihrem Baby sei alles in Ordnung? Ja, so denken alle Mütter. Aber damit denken Sie nur an sich. Was ist, wenn Ihr Baby nicht gesund ist? Wenn es nach der Geburt ärztliche Versorgung braucht? Ich habe erlebt, dass Babys mit Hubschraubern verlegt werden müssen. Dass sie von ihren Müttern getrennt werden. Wollen Sie das? Und was, wenn es schon vor der Geburt Hilfe braucht? Dann sind Sie Schuld, dass Ihr Baby nicht gerettet werden konnte. Weil Sie sich geweigert haben, zur Feindiagnostik zu gehen! Es ist eine medizinische Errungenschaft, die auch noch von der Krankenkasse bezahlt wird! Also, warum haben Sie das nicht wahrgenommen? |

Ich bin ja jetzt da.

| Mann | Durch meine Empfehlungen wurden die richtigen Krankenhäuser für die Geburt ausgewählt. Durch die Feindiagnostik habe ich Menschenleben gerettet! |

Am Telefon. Nein, die Frau wird nicht bei Ihnen entbinden können. Ja, Sie hatten Recht mit Ihrer Vermutung. Komplexes defecto vitales, USP 2, Meridianschleusenatresie, großer ASP mit kleinerem, linken Ventil und double in outlet out. Nein, auf keinen Fall bei Ihnen. Sie braucht ein Krankenhaus mit neonatologischer Intensivstation. Ja, ich schicke Ihnen den Befund zu. Auf Wiederhören.

Der war aber neugierig, dass er persönlich bei mir anruft.

Was ist denn mit meinem Kind?

Mann

Normalerweise müsste es so aussehen wie hier auf diesem Bild, tja, aber bei Ihrem Kind, da fehlt hier die Hälfte, und das hier, das gehört da eigentlich gar nicht hin! Hier müsste es geschlossen sein, aber sehen Sie, da ist gar keine Wand! Und diese Verbindung, die mündet normalerweise hier, aber nun, vermutlich sind sie vertauscht. Und das hier, das ist viel zu klein, das wird nicht funktionieren.

Eigentlich ist so etwas äußerst selten. Aber Sie sind schon mein zweiter Fall in dieser Woche! Das macht mich fertig.

25

> Bei all diesen Diagnosen besteht außerdem eine große Wahrscheinlichkeit für das Upsyndrom.

Heißt das, mein Kind wird behindert sein?

Mann
: Das wird es sowieso.

Ich meine, auch geistig behindert?

Mann
: Die Wahrscheinlichkeit liegt bei eins zu zwei. Also fifty-fifty. Aber das Entscheidende ist: Es ist nicht lebensfähig.

> Ich muss Sie darüber informieren, dass Sie Ihr Kind auch zu diesem späten Zeitpunkt noch abtreiben dürfen.

Credo

Priesterin
: Wir sprechen das kleine Glaubensbekenntnis.

Gemeinde
: Wir glauben an die Unantastbarkeit und an die Würde jedes einzelnen Menschen. Wir glauben, dass alle Menschen das gleiche Recht auf Freiheit haben. Wir versprechen, jedem Angriff auf die Freiheit und

der Tyrannei Widerstand zu leisten,
wo auch immer sie auftreten
mögen.

Fürbitten

Heilige Vagina,

bitte für uns.

Entjungferte Mutter,

bitte für uns.

Mutter voller Herrlichkeit,

bitte für uns.

Mutter der Leidenschaft,

bitte für uns.

Mutter voller Lust,

bitte für uns.

Mutter allen Lebens,

bitte für uns.

Mutter voller Schmerzen,

bitte für uns.

Blutbesudelte Vulva,

bitte für uns.

Mutter in tiefer Bedrängnis,

bitte für uns.

Mutter der Wut und Verzweiflung,

bitte für uns.

Mutter aller Vaginen,

bitte für uns.

Mutter aller Penisse,

bitte für uns.

III EUCHARISTIEFEIER

Gabenbereitung

Die junge Frau wird eine andere.

Als ich das nächste Mal zu meiner Frauenärztin gehe, steht sie hinter ihrem Tisch auf und nimmt mich wortlos in den Arm.

Die alte Frau   Ihr wurden bestimmt die Befunde zugeschickt.

Es ist ihr Sohn. Es ist ihr Sohn, sagt sie immer wieder.

Sie erzählt, dass sie ihren Sohn drei Monate lang nur durch eine Glasscheibe sehen durfte.

Die alte Frau   War ihr denn nie etwas aufgefallen bei den Untersuchungen?

Zwei Hände, zwei Beine, das schlagende Herz. Das konnte sie erkennen mit ihrem Wald- und Wiesen-Ultraschall, wie sie ihn immer genannt hat.

Meine Wald- und Wiesenjahre sind jetzt vorbei.

Kündet allen mit geschwind:

Fasset Mut und habt Vertrauen.

Bald wird kommen unser Kind;

herrlich werden wir es schauen.

Jedes Menschlein kommt herbei mit Geschrei.

Hochgebet

Die junge Frau gebiert.

Eine riesige Wunde klafft in der Mitte meines Körpers.
Sie haben mich aufgeschnitten, weil die Saugglocke
nicht hinein gepasst hat. Ich habe geschrien, spitze,
schreckliche Schreie, die ich noch nie von mir
vernommen habe. Alles ist voller Blut. Ich liege auf der
Schlachtbank mit der klaffenden Wunde. Jetzt ist er
draußen und ich bin ganz allein mit der leeren Hülle.
Ich höre ihn schreien. Sie sollen ihn in Ruhe lassen!

Mann   Es ist alles gut!

Alles gut?

Er liegt auf meinem Bauch, in ein Handtuch
eingewickelt. Nur sein Köpfchen guckt heraus. Er ist
ganz ruhig und guckt mich an mit seinen dunkel-
blauen Augen. Ganz neugierig, als wüsste er, dass ich
seine Mama bin.

Mann   Er muss jetzt erstmal auf die
                Intensivstation zur Überwachung.

Und ich werde wieder zugenäht. Ich spüre, wie der
feste Zwirn durch meine Haut gleitet. Es kommt mir
endlos vor.

Es ist ein Ros entsprungen

aus einer Wurzel zart,

wie uns die Alten sungen,

von Ruth kam die Art,

und hat ein Blümlein bracht

mitten im kalten Winter

wohl zu der halben Nacht.

Wie soll ich denn jetzt zu meinem Kind kommen? Ich kann ja gar nicht aufstehen. Es tut alles weh. Ich traue mich nicht, mich zu rühren.

Ich bin betrogen. Meine Schwägerin sitzt nach der Geburt Zuhause auf dem Sofa und stillt ihr Baby. Alle kommen zu Besuch. Ich habe ihr nichts angemerkt. Meine Freundin spaziert eine Stunde nach der Entbindung vom nahe gelegenen Geburtshaus einfach nach Hause. Eine Bekannte hat sich eine riesige, aufblasbare Wanne ins Wohnzimmer stellen lassen und dort die Geburt gefeiert. Mit ihrer Lieblingsmusik. Und ihren Lieblingsmenschen. Wollen die mich alle verarschen?

Mann   Ich habe dir schon mal ein Pumpset besorgt. Brauchst du die Brusthauben in S oder M? Es ist wichtig, dass du gleich anfängst, damit die Milchproduktion initiiert wird. Wir

kriegen die nächste Pumpe, die frei
wird.

Es ist alles voller Blumen!

Ich habe mir eine Handtuchkonstruktion gemacht,
damit ich mich hinsetzen kann. Die richtige Anord-
nung von Hubbeln und Löchern herauszufinden, war
nicht so leicht. Aber jetzt geht es einigermaßen, das
Hinsetzen. Tut natürlich trotzdem weh. Mit dem
Rollstuhl bringt er mich zur Intensivstation.

Wieso sind hier so viele Blumensträuße?

Mann   Von den Angehörigen, die zum
                        Gratulieren kommen!

Wieso besucht uns keiner? Gibt es keinen
Blumenstrauß, wenn man ein behindertes Kind zur
Welt bringt?

Vaterunser

Die alte Frau ist beharrlich.

Cremen. Nach jedem Toilettengang fetten. Da, wo
früher meine kleinen Schamlippen waren. Um die
Klitoris herum. Den Harnröhrenausgang, den
Scheideneingang. Den Damm runter. Den letzten Rest
verstreiche ich am Anus. Nach jedem Toilettengang.

Ich könnte einen Grad der Behinderung beantragen.
Dann hätte ich ein Recht, die Behindertentoilette zu

benutzen. Das wäre nicht unpraktisch für meine Pflegeroutine. Aber bin ich denn behindert?

Kann man auch niemandem erzählen. Nur in der Selbsthilfegruppe kann ich darüber reden. Nicht mal mit meinem Mann. Ist ja auch nicht sexy, so eine chronische Vulvaerkrankung. Außerdem denkt er dann, er fügt mir Schmerzen zu. Dann rührt er mich gleich gar nicht mehr an. Und es stimmt ja, was sollte ich ihn anlügen? Die Reibung tut weh. Trotz Gleitgel. Und nach dem Sex krieg ich einen Schub. Dann reißt die Haut ein. Und es juckt. Wahnsinniges Jucken.

Waschen hat meine Mutter früher immer gesagt, *waschen*. Und ich hab mich gewaschen und es hat nichts geholfen.

Aber heute, heute habe ich mein Kortison. Meine geliebte Kortisoncreme.

Kortison mein neben dem Klo,

geheiligt werde dein Name,

deine Tube komme.

Deine Wirkung geschehe, wie an der Vulva so am Anus.

Meine tägliche Dosis gib mir heute.

Und vergib mir das Kratzen,

wie auch ich vergebe dir deine Nebenwirkungen.

Und bringe mich nicht zur Verzweiflung,

sondern erlöse mich von den Schmerzen.

Denn dein ist die Wirkung und die Kraft und die Heilung.

Bis zum nächsten Schub. Amen.

Wer traut sich, das Wort zu ergreifen?

Mann	Ihr seid Ketzerinnen! Ihr verspottet Gott!

Wir holen uns den Ursprung der Welt zurück. Ihr habt ihn uns weggenommen, um unser Wunder zu beherrschen. Aber das Wunder ist weiblich.

Mann	Ihr besudelt die Kirche. Ihr missbraucht Gottes Gebete und seine Lieder.

Die Kirche benutzt unseren Körper für ihren Dienst an Gott. Eure sakrale Architektur mit dem äußeren und dem inneren Portal, das sind unsere Schamlippen. Euer Mittelgang zum Altar ist unsere Vagina. Die Seitenschiffe sind unsere Eierstöcke. Der Altar ist unsere Gebärmutter. Hier vollziehen Männer die Wandlung, verwandeln Brot in Fleisch und Wein in Blut. Hier wollt ihr göttliche Präsenz gebären.

Mann	Das ist doch lächerlich.

Und die Frauen habt ihr verbannt. Habt sie abgetrennt von ihrer Weiblichkeit. Habt unsere Schöpfung zu einem Ort gemacht, für den wir uns schämen, für den wir keinen Namen haben. Den wir versteckt und abgestoßen haben. Habt es geschafft, dass wir uns selbst eklig und dreckig finden.

Mann   Was kann ich denn dafür?

Aber wir holen uns unseren Körper zurück. Wir holen uns das Wunder zurück. Wir holen uns die Schöpfung zurück.

Gemeinde   Wir sind die Gemeinschaft der
                  Vulven.

Unsere Vulva ist nicht mehr allein! Unsere Vulva ist in unsere Körpermitte zurückgekehrt.

Gemeinde   Wir holen unsere Vulva ans Licht.
                  Wir bergen sie aus der Dunkelheit.

Wir lassen es nicht länger zu, dass unsere Vulva im Geheimen verstümmelt wird, verwüstet, verwundet! Wer unserer Vulva Schaden zufügt, muss es hier machen. Vor den Augen aller, im Rampenlicht, vor den Augen der Welt. Denn wir verstecken unsere Vulva nicht.

Gemeinde   Meine Vulva und ich, wir sind eins!

Friedensgebet

Der Mann sieht.

Sie hat mir ihre Vulva gezeigt. Sie stand vor mir und hat ihren Slip herunter gezogen. Einfach so. Ich wusste nicht, ob ich rausgehen soll, aber sie hat gesagt: Guck mal. Da bin ich zu ihr gegangen. Ganz langsam hab ich mich genähert, wie einem scheuen Tier, das bei der ersten falschen Bewegung davonläuft. Ich habe ihr sanft das Pelzchen gestreichelt und hab geschnuppert. Sie roch nach Frühling und nach Erde. Sie hat gelacht.

Und Stückchen für Stückchen ist sie aufgegangen, langsam, wie eine Blüte, wenn die Sonne heraus kommt. Ich hab sie geküsst, ganz zart, jedes einzelne Blättchen und Knöspchen. Und als ich die Narbe gesehen habe, musste ich weinen. Sie trägt das Zeichen unseres Schmerzes. Auf einmal habe ich gemerkt, wie stolz ich auf sie bin. Auf all das, was sie für unseren Sohn durchlebt hat. Ich habe die Narbe geküsst und gedacht, diese Narbe, die muss man verwöhnen. Sie hat es so verdient!

Sie hat dann auch geweint.

Jetzt schließt sie sich nicht mehr im Bad ein. Jetzt darf ich auf die Toilette gehen, während sie duscht, und der Kleine liegt auf der Matte und guckt uns zu. Jetzt sind wir eine richtige Familie.

Die alte Frau entdeckt.

Wie geht es deiner Vulva? Ist sie glücklich?

Ich habe sie das nie gefragt.

Kannst du das Pulsieren deiner Vagina spüren? Weißt du, dass deine Brüste das Tor zu deinem Herzen sind? Deine Brustwarzen sind sensibel und feinsinnig. Wenn du sanft zu ihnen bist, öffnest du nicht nur dein Herz, auch deine Vagina. Es ist alles miteinander verbunden. Und es ist alles da. Du bist ein Wunder, so wie du bist. Dein Blut, dein Schmerz, deine Euphorie, deine Lust. Wir sind Ebbe und Flut. Gedeihen und Abschied. Es ist alles in uns, und es ist alles gut.

Ich habe nie mit meiner Tochter so geredet. Ich habe immer gedacht, es reicht, wenn ich ihr vorlebe, wie es ist, eine Frau zu sein. Aber das reicht nicht!

Wir lesen haufenweise Bücher über die weibliche Sexualität und wir rennen lieber zu Workshops, um unsere Vulva kennen zu lernen, als dass wir uns mit Schwester und Mutter über unsere Weiblichkeit austauschen.

Meine liebe Tochter, ich habe eine chronische Vulvaerkrankung. Vermutlich ist sie vererbbar. Man weiß sehr wenig darüber.

Ich muss doch wissen, ob sie Schmerzen hat. Ob sie sich plagt und quält, wie ich es jahrelang getan habe.

Wie geht es deiner Vulva?

Ich muss mit meiner Tochter reden.

Die junge Frau bricht auf.

Ich habe wirklich nette Mütter kennengelernt im Geburtsvorbereitungskurs. Unsere Kinder sind alle gleich alt. Ihre Kinder sind kräftig. Sie haben stramme Beinchen und rosige Wangen. Ihre Kinder gedeihen, meins nicht. Meins trinkt aus der Flasche, nach einem Zeitplan, einem Trink- und Medikamentenplan. Der hängt in unserer Küche und diktiert meinen Tagesablauf. Alles, was mein Kleiner nicht schafft, spritz ich über eine Magensonde in ihn hinein. Ganz dünn und zart ist er. Wenn ich die anderen Babys sehe, sind sie jedes Mal ein Stückchen größer und dicker geworden. Zufrieden schmatzen sie an den Brüsten ihrer Mütter. Ich bestaune ihre Kraft. Wie schnell sie krabbeln und ihre agilen Körperchen bewegen. Ich bemühe mich, die Gespräche und die Sorgen der anderen Mütter zu respektieren. Auch wenn sie lächerlich sind.

Mein Sohn wird operiert, ein ums andere Mal. Ich gebe ihn in fremde Hände, damit er leben kann.

Ich habe eine andere Welt betreten. Eine Welt, die parallel zu der Welt der Gesunden existiert. Die anderen Mütter treffe ich nicht mehr.

Willkommen im Club. In der Familien-Reha sind wir auf einmal alle vereint. Hier sind die, die den Kürzeren gezogen haben.

Was sind das für Leute? Was hab ich mit denen zu tun? Wir sind grundverschieden.

Aber eins eint uns. Wir wissen, wie es ist, neben dem Baby auf einem Stuhl zu übernachten. Wie es ist, mit schlechtem Gewissen in die Kantine zu eilen, um schnell etwas zu essen. Wie es ist, das Kind schreien zu hören, wenn ihm Zugänge gelegt und Drainagen gezogen werden. Und nichts dagegen zu unternehmen. Wir wissen, wie es ist, zu warten, während das Kind im OP liegt. Stunde um Stunde zu bangen. Unser Verstand muss stark sein, während unsere Herzen bluten. Und manche von uns werden verrückt dabei.

Schlussgebet

Wer tanzt alles aus der Reihe?

Priesterin	Barmherzige Mutter, du hast uns mit deinem Blut und deiner Milch gestärkt. Erfülle uns mit dem Geist deiner Liebe, damit wir ein Herz und eine Seele werden. Darum bitten wir durch unsere ureigene Kraft.
Gemeinde	Einverstanden.
Nicht einverstanden.	
Priesterin	Was?

Wollen wir jetzt immer so weitermachen? Für jede Lebenslage ein Sprüchlein parat? Und dann ist alles gut?

Es war eigentlich noch nie so mein Ding zu sagen, was alle sagen.

Eigene Worte finden. Find ich gut.

Soll ich euch mal was sagen? Ich habe Endometriose.

Oh nein!

Was ist denn das?

Priesterin   Hallo?! Was ist denn jetzt hier los?

Wäre es ein Problem für dich, wenn ich nicht mehr mitmache?

Priesterin   Ja!

Mach doch auch dein eigenes Ding.

Priesterin   Wir sind doch viel stärker, wenn wir mit einer Stimme sprechen!

Wir sind aber ganz viele Stimmen!

Ich bin nur Gast auf Erden

und wander ohne Ruh

mit mancherlei Beschwerden

der ewigen Heimat zu.

Die Wege sind verlassen,
und oft bin ich allein.
In diesen grauen Gassen
will niemand bei mir sein.

Und bin ich einmal müde,
entzünde ich ein Licht.
Erleuchte eine Bühne
und zeige mein Gesicht.

IV ENTLASSUNG

Verlautbarungen

Die alte Frau meditiert.

Es ist faszinierend, was ich noch entdecken kann! Da muss ich erst sechzig Jahre alt werden, um zu erfahren, wie viel Kraft und Energie in meinen Geschlechtsorganen stecken. Obwohl ich schon drei Kindern das Leben geschenkt habe. Ich habe die Magie der Weiblichkeit nicht wahrgenommen. Wo war ich denn die ganze Zeit?

Wenn ich jetzt abends im Bett liege und nachspüre, was in mir los ist, dann ist es immer meine Vulva, die sich meldet: Hier ist Party! Meine Klitoris kribbelt leicht, meine Vagina fühlt sich warm und weich an. Der blöde Lichen drückt ein bisschen auf die Schamlippen. Aber ich bin ihm nicht böse. Er hat mich ja erst darauf aufmerksam gemacht, dass neben ihm noch jede Menge unentdecktes Potenzial schlummert.

Wenn ich mir dieser Quelle bewusst werde und ich gerade keinen Sex habe, was ja oft vorkommt, dann verteile ich diese Energie mit dem Atem in meinem ganzen Körper.

Auf meine Vulva ist Verlass. Sie ist ein Ort, an dem ich mich jederzeit finden kann. Hier bin ich. HIER BIN ICH.

Die junge Frau strahlt.

Er ist perfekt. Er ist etwas kleiner als die anderen. Er ist blass mit wachen, grünen Augen. Wenn ich mit ihm die Straße entlang gehe, fragt er alle Leute nach ihrem Namen. Er fragt so lange, bis er eine Antwort bekommt.

Ihn interessieren die Menschen. Die Menschen und ihre Geschichten.

Er hat eine Begabung. Er geht auf die Menschen zu. Er ist voller Leidenschaft. Wenn er sich freut, reißt der Himmel auf. Wenn er traurig ist, versinkt die Welt im Regen. Er bringt die Menschen zum Lachen. Sie mögen ihn, denn er zeigt ihnen, dass sie wichtig für ihn sind. Für ihn haben sie eine Bedeutung. Und dann fühlen sie sich bedeutend.

Ich halte mich im Hintergrund. Ich will ihm helfen, selbstständig zu werden, frei. Er muss nichts leisten, er darf einfach nur leben. Er vertraut mir blind. Denn ich bin der wichtigste Mensch für ihn. Ich bin seine Mutter.

Segen

Die alte Frau liebt.

Einfach keinen Sex mehr haben? Wie die meisten meiner Freundinnen? Und die haben nicht mal eine gynäkologische Erkrankung. Aber sie haben keine

Lust mehr auf diesen Sex, wie man ihn eben so hat. Wo es darum geht, dass er gut steht, dass sie feucht wird, dass möglichst beide einen Orgasmus haben. Leistungsdruck auf beiden Seiten. Und danach fühlt man sich seltsam beschämt. Vielleicht hätte auch ich einfach resigniert, wenn ich nicht diese Krankheit bekommen hätte. Sie hat mich verändert. Sie hat meine ganze Sexualität verändert. Und was Besseres hätte mir nicht passieren können.

Die junge Frau   Habt ihr Sextoys ausprobiert?

Mein Mann wollte mir schon den Womanizer schenken. Aber mir geht es ja nicht darum, einen Orgasmus herbeizuführen, das kann ich auch so. Ich möchte Intimität mit meinem Partner erleben, Nähe. Da ist so ein Gerät doch fehl am Platz, oder?

Die junge Frau   Es muss etwas sein, das zu dir passt. Das sich gut anfühlt für dich.

Ich konzentriere mich ganz auf mich. Versuche, alles zu entspannen. Keinerlei Anstrengung, keinerlei Pose. Nicht mal Erregung! Das braucht viel Zeit.

Wir gucken uns in die Augen. Das ist alles.

Wir streicheln meine Brüste. Das ist alles.

Wir machen Koitus. Das ist alles.

Es ist egal, ob er hart ist oder weich. Wir spüren einfach das Ineinandersein. Wir bewegen uns nicht. Aber der Penis und die Vagina kommunizieren miteinander. Von ganz alleine, ohne, dass wir etwas tun müssen. Sie gehören zusammen. Das ist magisch. Und tröstlich. Und beglückend.

Wir bemühen uns, nicht zu kommen. Wir genießen es, wie die Energie zwischen uns zirkuliert. Wir warten ab, was passiert und nehmen es wahr. Wir sind ganz im Moment.

Es ist regenerativ, manchmal auch ekstatisch. Über viele Stunden lang.

May the long time sun

shine upon you

all love surround you

and the pure light

within you

guide your way on

guide your way on

Anmerkungen

Sonne der Gerechtigkeit frei nach dem gleichnamigen Liedtext von Otto Riethmüller / *Große Vulva, wir loben dich* frei nach dem Liedtext *Großer Gott, wir loben dich* von Ignaz Franz / *Erfreue dich, Himmel* frei nach gleichnamigen Lied, Verfasser:in unbekannt / Lesung I aus dem Buch Jesaja (55, 10–11) / Lesung II aus *Unverschämt. Alles über den fabelhaften weiblichen Körper* von Dr. med. Sheila de Liz (2019), Seite 27f / *Nun dankt der Klitoris* frei nach dem Liedtext *Nun danket alle Gott* von Martin Rinckart / *Vulva Hallelujah!* frei nach dem *Hallelujah Chorus* aus Händels *Messiah* / *Post-Meno ist leider kein Kompliment* ist ein Zitat von Katja Bigalke, auch die nachfolgende Replik stammt aus ihrem Text *Die Suche nach dem richtigen Weg durch die Wechseljahre* / *Das kleine Glaubensbekenntnis* nach der Freiheitserklärung des amerikanischen Nationalkomitees für ein freies Europa, 1950 / *Kündet allen mit geschwind* frei nach dem Liedtext *Kündet allen in der Not* von Friedrich Dörr / *Es ist ein Ros entsprungen* nach dem gleichnamigen Lied, Verfasser:in unbekannt / *Wir sind nur Gast auf Erden* frei nach dem gleichnamigen Liedtext von Georg Thurmair / *May the long time sun* aus *A Very Cellular Song* von *The Incredible String Band*

Danke an meinen erstgeborenen Sohn, der mich zur Mutter gemacht hat und mir jeden Tag den Zauber des Lebens vor Augen führt.

Danke an das Deutsche Herzzentrum Berlin und die Kinderkardiologie der Charité Berlin, insbesondere an Univ.-Prof. Dr. med. Berger, Prof. Dr. med. Photiadis, Mi-Young Cho und Bernd Opgen-Rhein, die sich Tag für Tag dafür einbringen, dass 'nicht lebensfähige' Neugeborene eben doch ein wunderbares Leben führen können.

Danke an Katrin Brauner und Johanna Lammel, die sensible Gespräche und Vernetzung zu gynäkologischen Themen möglich machen, und an den Verein Lichen Sclerosus, der sich für die Enttabuisierung von Vulvaerkrankungen einsetzt.

ALICE QUADFLIEG
die düstern tannen
säumen meinen weg
Gedichte der
Jahrtausendwende
108 Seiten

» Gedichte voller Schönheit und Poesie, hell und dunkel «

» wunderbare, fantasievolle Verse «

» Nach dem Titel dachte ich zuerst, es sind düstere Gedanken, die hier auf Papier stehen. Dafür auch vielen Dank, dass es ganz anders ist! «